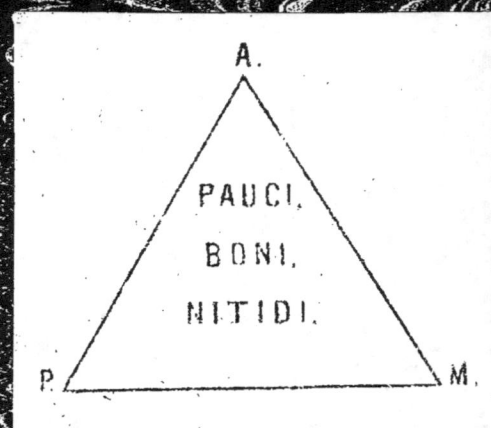

EX - LIBRIS

Léon DVCHESNE de LA SICOTIÈRE

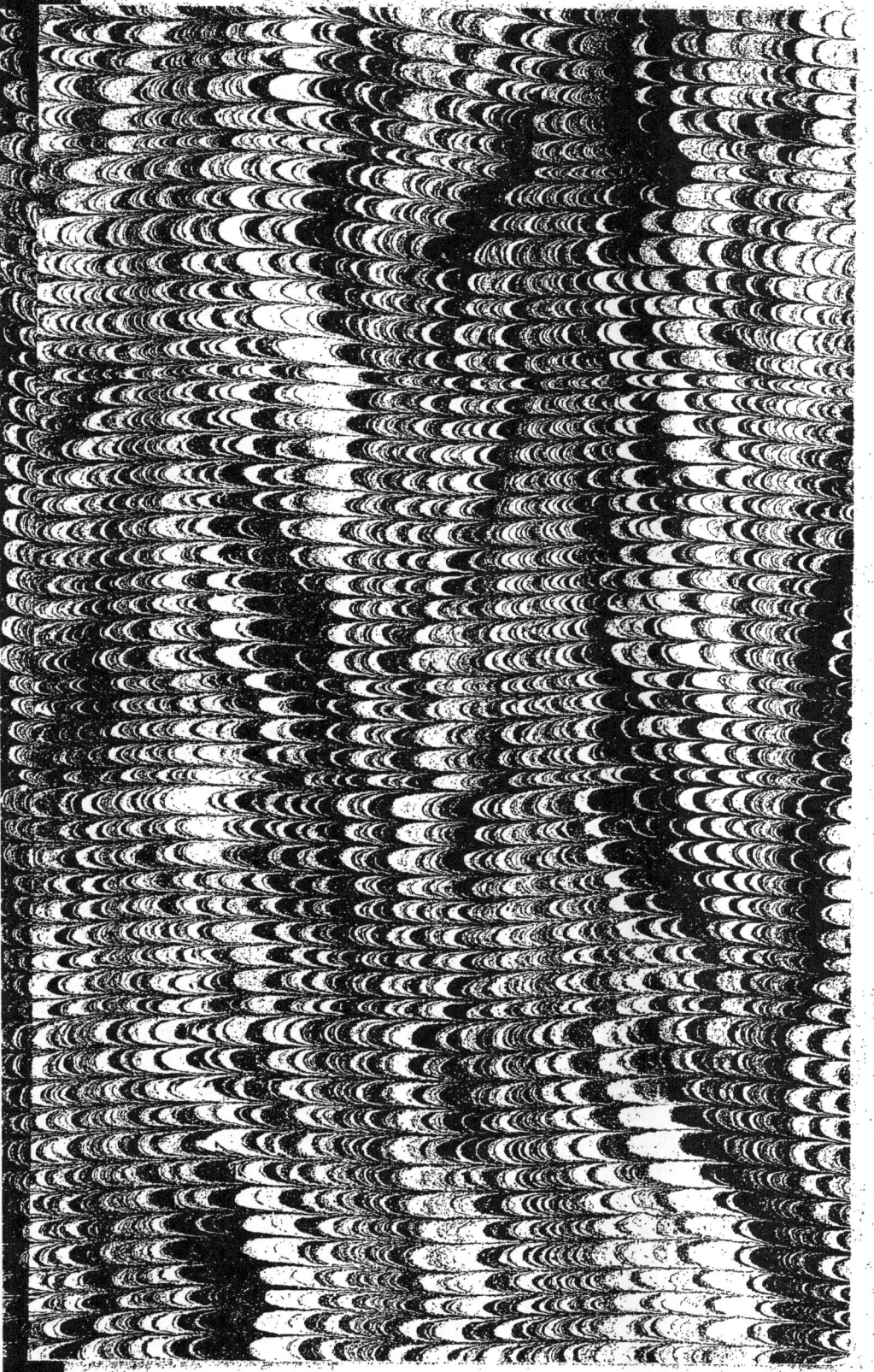

I.8096

« _Perche_ (N. du) né à Alençon y exerça toute sa vie la profession d'avocat. Il donna vers 1640, l'An_basadeur d'Afrique_, comédie, et dans la suite les _Intrigues de la vieille tour de Rouen_. »

O. Desnos, Mémoires historiques sur Alençon, t. 2. P. 610.

O. Desnos, n'avait pas vu l'ambassadeur d'Afrique; Il ne se trouvait pas non plus dans la bibliothèque Soleinne. Le bibliophile Jacob qualifie cette pièce d'introuvable dans la note qui suit la description des Intrigues de la vieille tour, Comédie du même auteur, et mentionne une troisième pièce de Duperche: _Rosimonde ou le Parricide puni_. qui n'a pas encore été retrouvée. (voir C. Soleinne. t. 1er P. 265.)

Cet exemplaire de l'ambassadeur d'Afrique a passé inaperçu dans la vente Bertin (N°   ) où il m'a été adjugé pour un peu moins de cinq francs. Je l'ai fait depuis nettoyer et Capé lui a mis cette demi-reliure; c'est tout l'honneur qu'il mérite, malgré son insigne rareté.

L'AMBASSADEVR
D'AFFRIQVE
COMEDIE.

Par le Sieur DV PERCHE.

A MOVLINS,
Chez la Vefve PIERRE VERNOY
& CLAVDE VERNOY fon Fils
Imprimeur du Roy.

M. DC. LXVI.

A

MADAME
DE RIS.

MADAME,

Vous auez des lumieres si iustes pour le discernement des belles choses, que ie dois avoir bien de la confusion, lors que i'ose Vous presenter vn ouvrage d'aussi peu de valeur que l'est cette petite Comedie: Mais MADAME, son peu de merite auoit trop de

besoin du voſtre pourme pou voir
raiſonnablement diſpenſer de luy
procurer vn ſi haut appuy, & n'eſti-
mant pas par ma propre connoiſſan-
ce, qu'elle ſe pût ſouſtenir d'elle
meſme ie me ſuis perſuadé que pour
luy donner du credit, & la de-
guiſer aux yeux de mes ſenſeurs,
ie deuois la voiller d'vn nom au-
ſſi glorieux que le voſtre.   Ouy
MADAME, voſtre illuſtre Nom
luy tiendra lieu d'vn criſtal dont
la pureté rendant les objets tels
qu'il les reçoit, ne laiſſe pas de
les adoucir : Cette meſme pureté
que chacun conſidere en Vous, comme l'Aſtre qui conduit toutes vos
actions, luy ſeruira de deffence
contre les atteintes de la Medi-
ſance, & les Rayons de voſtre
Beauté reflechiſſans ſur ſes def-
fauts, on luy trouvera des agré-

ments que de moindres charmes
n'auroient pû luy desuoiller. Ie
suis si conuaincu de cette verité
MADAME, que ie me figure
desia la voir dans la Boutique de
son Imprimeur disputer des belles
places, auec les plus puissans vo-
lumes, toute glorieuse de porter
vos couleurs, & d'auoir attiré à
son Autheur la qualité de

MADAME,

Vostre tres-humble &
tres obeïssant seruiteur,
DV PERCHE.

A iij

ACTEVRS.

LELIE, *Amoureux de Lucreſſe.*

CRISPIN, *Valet de Lelie.*

LVCRESSE, *Maiſtreſſe de Lelie, Pupille de Geronte.*

BEATRIS, *Seruante de Lucreſſe.*

ARISTE, *Docteur amoureux de Lucreſſe.*

L'ALLEMAND, *Valet de Geronte.*

TIRBAVTES, *Valet en habit Affriquain.*

Suitte d'Affriquains.

La Scene eſt à Paris.

L'AMBASSADEVR D'AFFRIQVE.

SCENE I.

BEATRIS, LELIE, CRISPIN, BEATRIS.

MA foy vos affaires vont mal
Monfieur, vous avez vn Riual,
A qui Geronte en voftre abfence
A donné beaucoup d'efperance
Ie crains pour vous parler fans fard
Que vous foyez reuenu tard
Et qu'il n'aift desja fait promeffe
De marier voftre Maiftreffe
A ce fortuné mal-autrû.

LELIE.

Ha! Beatris, que me dis-tu?

BEATRIS.

Ie dis qu'il n'eſt pas temps de rire
Et qu'il faut ſonger à deſtruire
Vn ſi prompt, & ſi grand revers
Les chemins vous en ſont ouverts
Par l'advis que ie vous en donne,
Faittes qu'aucun ne me ſoupçonne
De vous auoir rien deſcouvert.

LELIE.

Beatris, tu me prends ſans vert,
Quoy ſe pourroit il que Lucreſſe
Euſt manqué pour moy de tendreſſe.

BEATRIS.

Non ne vous en allarmez point
Elle vous ayme au dernier point:
Mais ſon tuteur tout au contraire
Vous haiſſant, la deſeſpere
Il l'aduertit hier au ſoir
Qu'il la vouloit demain pourvoir,
Et que pour ne la point ſurprendre,
Elle ne deuoit point s'attendre
A vous, iugez de ſon ennuy
Si ce rival vient auiourd'huy
C'eſt vne affaire qui vaut faitte

Songez donc à quelque deffaitte
Qui vous puiffe mettre tous deux
Vn iour au comble de vos vœux.
Noftre vieux refte de voirie,
Eft allé voir fa meftairye
Il â mefme opportunément
Avec luy mené l'Allemant
De forte que par mon adreffe
Vous pourrez parler à Lucreffe
Si vous le voulez.

LELIE.

Mais dis-moy
De ce riual quel eft l'employ ?

BEATRIS.

C'eft ie penfe vn viel pedagogue
Iffu de quelque Sinagogue
Le premier iour qu'il vint chez nous
Faire à Lucreffe les yeux doux
Il avoit la tefte pelée
Mais comme dans vne affemblée
Le mefme iour on le railla
Sur fon amour, & fur cela
Il a povr fuiure le grand monde
Pris depuis la perruque blonde
Mais d'vn blond de telle couleur
Que malgré voftre trifte humeur

Quand vous verrez ce viel satyre
Vous ne vous tiendrez pas de rire
Enfin c'eſt vn original
De maſque en temps de carnaual
Et vous n'auez point veu paroiſtre....

LELIE.

Et ſon nom le ſçais-tu ?

BEATRIS.

Peut eſtre
Attendez ...... Ma foy ie le tiens
C'eſt Ariſte ie m'en ſouviens

LELIE.

Ariſte ?

BEATRIS.

Ouy.

LELIE.

Ce ridicule
Qui ne connoiſt que ſaferrule
Songeroit à ce marier ?

BEATRIS.

Ouy, n'eſt-ce pas vn bel ouvrier
Pour vne pareille beſogne.
Ie voudrois bien qu'vn tel Iean-logne
s'addreſſaſt à moy pour cela.

CRISPIN.

Tu chanterois Alleluya

Double maſtine.

BEATRIS.

Ie vous iure
Que ie l'enuoyrois turelure
Et luy caſſerois le muſeau.
C'eſt bien viande pour ſon oyſeau
Seſmon ma foy.

CRISPIN.

La bonne peſte

LELIE.

Nous n'avons pas de temps de reſte,
Adieu Beatris, laiſſe moy
Ie vais mediter comme quoy
Par violence ou par addreſſe
Ie pourray deſlivrer Lucreſſe
Des pourſuittes de ce Docteur.

BEATRIS.

Il m'a miſe en mauvaiſe humeur
Ce bouquin de plus d'vne race.

LELIE.

Va, va Beatris quoy qu'il faſſe
Crois que i'en viendray bien à bout
Aduertis Lucreſſe de tout
Cependant, tu peux faire conte
Qu'auant le retour de Geronte
Que tu m'as dit eſtre dehors

l'auray fait de puiſſans effors
Pour deſtruire noſtre adverſaire
Comme ie le connois, l'affaire
N'eſt par ſi penible qu'on croit.
Adieu.

SCENE II.

LELIE, GRISPIN.
LELIE.

Criſpin, en cet endroit
Il faut que tu faſſes parroiſtre
Si tu ſcais bien ſeruir vn maiſtre
Car il y va de mon treſpas
CRISPIN.
Quoy vous voulez mourir ?
LELIE.
non pas
Mais enfin ie ne ſçaurois vivre
Si ton ſecours ne me deſliure
D'vn riual que i'ay ſur les bras.
CRISPIN.
Mettez-le à terre, eſtant à bas
Il ne vous

Il ne vous fera plus de peine.

LELIE

Quoy Crispin me voit a la gesne
Et loin de m'offrir son secours
Il pert le temps en vains discours
Et rit du tourment que i'endure?
C'est avoir vne ame bien dure
Et peu sensible a l'amitié.

CRISPIN

Vous vous trompez de la moitié
Monsieur, sauf correction vostre
Ie suis vostre amy plus qu'vn autre.
C'a déclarez moy vostre mal,
Quelle beste est-ce qu'vn riual?

LELIE

Pecore! vn riual c'est vn homme.

CRISPIN

Et vous voulés que ie l'assomme
Affin qu'il n'en soit plus parlé?

LELIE

Que t'on esprit est r'aualé
Quoy, coquin! m'as veu capable
De faire vne action semblable?

CRISPIN

Non monsieur, iamais, mais ie croy
Que vous voulés que ce soit it.

Vous n'eftes pas fi fanguinaire
Et puis pour ne vous le pas taire,
Vous aymeriez mieux entre nous
Que ie fûffe pendu que vous.

LELIE

Sçais-tu bien que tant de fottife
Aupres de moy n'eft pas de mife
Et que fi tu ne rompts le cours
De cet impertinant difcours
Tu m'attraperas quelques chofes.

CRISPIN.

Moy Monfieur,

LELIE.

Ouy toy, fi tu l'ofes
Continuë, & fais le gauffeur

CRISPIN.

Vous vous mocquéz de moy monfieur

LELIE

En veux tu ? fans ceremonie

CRISPIN.

Ah! Monfieur, ie vous remercie.

LELIE.

Tu n'as qu'a parler fi tu veux.

CRISPIN.

Ah! vous eftes trop genereux.

LELIE.

Vois tu, ie na'y qu'vne parolle,
Si tu veux pourfuiure t'on roole,
Tu verras fi ie fuis menteur.

CRISPIN.

Ah! ie fuis voftre feruiteur.

LELIE.

Tréve donc de boufonnerie,
Il ne s'agit point de tuerie,
Il n'eft feulement queftion
Que de trouver l'inuention
De deftruire aupres de Geronte
Vn viel Docteur, qui fait fon compte
D'efpoufer Lucreffe demain.

CRISPIN.

Et penféz vous d'vn tournemain,
Qu'vne affaire fi chatouilleufe?....

LELIE.

Vne entreprife merueilleufe
Que ie viens de me figurer
M'en fait beaucoup mieux efperer
Vn Ambaffadeur de l'Affrique
Touchant quelque affaire publicque
Eft icy depuis quinze iours.
Ie puis, ayde de ton fecours
M'en feruir en cette occurrence.

B ij

CRISPIN.

Ie nay point de Correspondance
En Affrique, & ne veux auoir
Rien a faire à cette Homme noir
Vuidez vos affaires vous mesme

LELIE.

Ah? Crispin la beauté que jayme
A pour moy de si doux appas
Que je souffriray le trepas
Si quelqu'autre en fait sa conqueste
Ouy Crispin, ouy ma mort est preste
S'il la faut ceder.

CRISPIN.

Trépassez

LELIE.

Helas! quand nos sens sont blessez
Mourir pour finir sa souffrance,
Est vne petitte alegeance.

CRISPIN.

Ne trepassez pas

LELIE.

Ah! Crispin,
Mon trépas est vn mal certain.

CRISPIN.

Trépassez donc.

LELIE.

Que ie trépasse,
Et qu'vn autre ocuppe ma place?
C'est ce que ie ne puis souffrir.

CRISPIN.

Prenéz donc garde de mourir,
Car ce n'est pas vn badinage.
La mort tout ainsi qu'vn fromage
Qu'on affine sous vn cuvier
Dans vne caue : ou le bouvier
Lors qu'il reuient de la charûe,
Vâ chercher à pas de tortüe
De quoy r'affraichir ses poulmons,
Fait que qui s'engage aux demóns
N'est pas dans vne bonne route.
Or quand on meurt on ne voit goute
Si bien que si vous estiez mort
Par violence, ou sans effort
Et que vostre bierre fut preste
Vous n'auriez plus mal à lateste.
Ie conclus donc pour vous guérir
Qu'il faut s'il se peut entr'ouurir,
Par vn ressort qui . . . . . . qui penestre
La chose par le diamettre.
Le centre dont est question.
Ie suppose la tension.
A ce, requise & necessaire ?

B iij

De cette façon voſtre affaire.
Ne prendra pas vn mauuais ply
Et vous aurez l'ors accomply
tout ce qu'vn riual vous diſpute
Iuſte & quaré comme vne fluſte

LELIE.

Quel diable de raiſonnement ?
Le plus ſubtil entendement
perdoit ſa peine à le comprendre.
Teſmoignons poutrant de l'Entendre
Et flatons encor aujourd'huy
Ce brutal jay beſoin de luy.
En effet c'eſt fort bien conclure.
Tu ne manque pas de lecture.
A ce que ie voy.

CRISPIN.

Moy Monſieur
Ie ſçay tout l'Eſpiegle par Cœur

LELIE.

Ce ſeroit aſſéz pour me plaire
Si tu voulois me ſatisfaire
Et trauailler de ton coſté
A ce que jay premedité
Touchant l'Ambaſſadeur d'Afrique
Pour peu que ton zele s'aplique
A me ſeruir a ſes deſpens,

Mon riual donnera dedans

CRISPIN.

Moy ! puiſ-ie aux deſpens de l'Affrique,
Trâmer quelque ſourde pratique ?

LELIE.

Ouy

 l'ay chéz elle du pouvoir ?

LELIE.

Non.

CRISPIN.

A t'elle eu l'heur de me voir ?

LELIE.

Non diſ-ie.

CRISPIN.

 Ay-ie ſa deſpendance ?

LELIE.

Encore moins.

CRISPIN.

 Mon ordonnance.

A t'elle en ce lieu du credit ?

LELIE.

Nullement

CRISPIN.

 Qui vous â donc dit

Qu'a ſes frais par mon artifice
Ie pouvois vous rendre ſeruice

L'AMBASSADEUR

LELIE

La reſſemblance de vos rais
Car ie n'ay iamais veu portrais
Mieux jmitez

CRISPIN

Eſtes vous ſage
Monſieur de tenir ce langage
Moy je re reſemble a ce demon
Ah! je gagerois bien que non.

LELIE

Ie dis par les trais & la taille.
Non pas en couleur.

CRISPIN.

Tout coup vaille.
Quand jaurois la taille & le port
D'vn qui peut ſans luy faire tort
Eſtre baſtard de feu mon pere
Cela ne fait pas voſtre affaire
Et de l'Affrique iuſqu'icy
Le Chemin le plus racourcy,
N'eſt pas plus long ſi je m'eſplique
Que d'ici juſques en affrique
Ordonc pour vous conuaincre mieux
Par vos raſons & par vos yeux
Criſpin n'ayant point de commerce
En Affrique ny dans la perſe

Conclud concluant de bon cœur
Qu'il est bien fort son seruiteur

LELIE.

Tu n'as l'esprit de comprendre
Mon sens

CRISPIN

Comment diable l'Entendre
Monsieur si vous n'en auez pas.
Raisonnez? peut estre en ce cas
Expliqueray-ie voftre Enuie

LELIE.

Mais ie pretends la voir suiuie
quand je te l'auray dit

CRISPIN.

Vrayment
Ie ne l'entends pas autrement

LELIE.   *a l'Oreile de Crispin.*

Il faut donc. . . . .

CRISPIN.

Ie vays faire rage

LELIE.

Et. . . . .

CRISPIN

N'en dittes pas d'auantage

LELIE.

Il doit dans peu venir icy

Prosner son amoureux soucy
Tu voys par la que le temps presse
Fais en sorte par ton adresse
de t'y trouuer au mesme instant.
Ie l'amuseray cependant
Et conduiray si bien la chose
Que je suis certain..........

CRISPIN.

Bouche Close
J'en scay plus que vous & dans peu
Nous allons ie croy voir beau jeu.

SCENE III.

LELIE, Seül

Grace au ciel jay bonne esperance
Du succéz de la manigance
Puisque Crispin l'ambrasse ainsi.
Si mon Docteur venoit icy,
Le Ciel me seroit bien prospere.
Mais tout vient comme ie l'espere
Le voicy comme au rendéz vous,
Avant que luy tâter le poulx,

Taschons d'ouyr ce qu'il medite,
Il me sera facille ensuitte.

SCENE IV.

LELIE, LE DOCTEVR,
LE DOCTEVR.

O ! Dieux qu'Ouide à bien descrit
Le mal qui trouble mon esprit
Eust-on cogité qu'vne verue
D'amour, rendit mon ame serue
Que l'emplumé fils de Venus
Fût venu chez moy *sicut mus*
Pour me naurer de sa dardelle
Et de mon antique ceruelle
Faire vn brasier *ex abrupto*
Qui l'auroit iammais crû ? *Nemo.*
Tamen verum est hodie.
Donc ie seray congedié
D'Helicon, & de la Fontaine
Ou l'on boir les eaux d'Hypocrene
Mercure m'abandonnera

Minerue me délaissera
Appollon me fera la moüe,
Et ses sœurs poussans à la roüe
Pour blasmer mes vœux imprudens
Riront a moy du bout des dents.
Que dis-je on blasmera ma flamme
Ay-ie lieu de craindre du blâme
Pour aymer, *Plusquam perfecto.*
Vn objet parfait, *vt octo ?*
Non puisque celle que j'adore,
A comme la diuine Aurore,
Des attrais sans comparaison,
Ie serois orbe de raison.
Si ie n'en ressentois l'atteinte,
L'vnique motif de ma crainte,
Doit estre que cette beauté,
Qui ma raui ma liberté,
Ne me desdaigne, & ne mesprise,
La conqueste de ma franchise.
Mais pourquoy craindre de rechef ?
Chacun me connoit pour le chef,
De la sçauante discipline.
Ie parle la langue latine,
Ad vnguem, ie possede aussi
Le grec, asses bien Dieu mercy
Ie sçay quand on me le propose

Par l'effet

Par l'effet decider la cause,
Ie connois les évenemens
Et les vertus des Talismans
I'entends des mieux l'Astrologie
La blanche & la noire magie
Les proprietez des metaux,
Des plantes, & des mineraux,
Ie scais la Methoposcopie,
La Geomence & Nomancie,
Les causes du flux de la mer,
Et des Meteores de l'air.
D'ailleurs s'il faut en docte prose
Desduire vne metamorphose,
Pousser la fleurette en Phœbus
Ou debiter quelque rebus,
On scait fort bien qu'il n'est point d'homme,
Qui m'ose disputer la pomme.
Mais c'est assez faire recit
Des qualitez de mon esprit
Descendons à la corporelle:
Ie suis fait sur vn beau modelle,
Et dois estre au conseil choisi
S'il est vray qu'*ad formam nasi*
l'esprit d'vn homme se mesure
Mon port est exempt de censure

C

J'ay la main belle, & le pied beau
Ie suis gay comme vn sautereau,
Item, ie dance comme vn maistre
Et suis vif comme le salpestre,
Bref, on peut dire de mon fait
Nunquam genitiuo caret,
Ainsi ma peur est superfluë.

LELIE.

Si ie souffre qu'il continuë,
I'l n'aura pas finy ce soir
Abordons-le, peut-on sçavoir
Comment se porte vostre muse
Grand Docteur,

LE DOCTEVR

Ma muse s'amuse,
A muser sur certain museau
Dont les yeux m'vsent le cerueau,
M'eussiez-vous crû sans interprette
Esmeu de pareillé amusette.

LELIE.

Quoy vous aymez;

LE DOCTEVR.

Asseurement.

LELIE.

I'en ay bien de l'estonnement,
Et ce bel objet qui vous grisle,

Quel est-il?

LE DOCTEVR.

Qui? c'est vne fille.

LELIE.

Ie le pense, & vous la nommez?

LE DOCTEVR.

Lucresse.

LELIE.

Ma foy desdamez

Vous pouvez changer de rubricque.

LE DOCTEVR.

Pourquoy?

LEILE.

L'Ambassadeur d'Affrique,

La doit espouser aujourd'uy.

LE DOCTEVR.

Qui vous la dit?

LELIE.

Estant a luy,

Ie sçay si la chose est certaine.

LE DOCTEVR.

Depuis quand?

LELIE.

De cette sepmaine

Par le moyen de mes amis,

Et de la langue du pays,

Que i'ay pourtant apprife en France,
l'ay de fa maifon l'Intendance.
Iugez fi ie dois eftre inftruit,
De la verité qui vous nuit
Et fi quelqu'autre que moy mefme
Peut mieux connoiftre ce qu'il ayme?
Il la demanda hier au foir,
Et fon tuteur rauy d'auoir,
Vn fi recommandable gendre,
Ne le fift pas beaucoup attendre,
Il mit d'abort tout a fon choix
Et prit heure entre deux & trois
Aujourd'huy pour ce mariage.
C'eft vn homme de grand courage
Et fon credit en cét Eftat
Luy donnant rang de Potentat,
Il n'eft aucune refiftance
Qui ne le cedde a fa puiffance:
C'eft pourquoy, craignant fon courroux
Vous ferez bien de filer doux.
C'eft vn advis que ie vous donne
Pour voftre bien, mais ie m'eftonne
De ne le point voir, car expres
Il m'avoit mandé. . . . . .

SCENE V.

CRISPIN. *en habit d'affriquain*
& fa fuitte.

LELIE, LE DOCTEVR,

CRISPIN. *dans l'aifle,*
Hola hais,
LELIE. *au docteur.*

Le voicy.

CRISPIN.

Faquins, qu'on me fuiue,
Le plus petit homme qui viue,
N'eft pas fi mal teruy ie croy
Hola ho truans, fuivez moy.
He bien monfieur, l'auez vous veuë
Celle dont le bel œil me tuë ?

LELIE.

Non Seigneur.

CRISPIN.

Pourquoy maiftre fat,
Vous auois-ie pas dit, pied plat,

C iij

De l'aduertir de ma visitte
Pour n'expofer pas mon merite
A luy defcliner qui ie fuis.

LELIE.

Ouy.

CRISPIN.

Qu'auez-vous donc fait depuis
Que ie vous ay donné cet ordre ?

LELIE. *au docteur.*

Vous voyez qu'on n'ofe defmordre
Devant luy, ie tremble de peur,
Pour vous de fa mauvaife humeur
S'il vient a fçavoir voftre flâme,
Vous eftes perdu fur mon ame.
Talchez à defguifer fi bien,
Qu'il ne vous foupçonne de rien.

CRISPIN.

A la fin ie perds patience
Dictes Monfieur, voftre intendance
Agrera-telle de m'ouyr ?
Quoy, vous penfez vous refiouyr,
Lors que d'Amour la tyrannie,
Me reduict prefque a l'agonnie
Et me roftit iufqu'aux boudins
Par la ventre fingry gredins,
Si iamais en pareil miftere,

Vous me faittes mettre en colere,
Ie vous avalleray tous vifs.
Si iammais vous estes oisifs,
A me seruir pres de Lucresse......

LE DOCTEVR.

Quoy Seigneur, c'est vostre maistresse?

CRISPIN.

Vn peu si vous le trouvez bon.
Mais qui vous fait maistre barbon
Fourrer le nez dans mon affaire.

LE DOCTEVR.

Ie n'auois pas creu vous desplaire.

CRISPIN.

Ventre, vous deuiez l'auoir creu,
Sçachez qu'vn homme de mon crû,
S'abbaisse en vous prestant l'oreille,
D'estalez. ou, *Kamdem SKoreille*
Horleam scanem tourtoury.

LE DOCTEVR.

Que dit-il ?

LELIE.

Il est fort marry
De vous auoir veu tant d'audace,
Et veut qu'a l'instant on vous chasse.
Si vous voulez le rappaiser
Il faut estre humble, & peu jaser,

A moins qu'il ne vous le commande.

LE DOCTEVR.

I'incide que ma coulpe eſt grande :
Mais cuidez m'en donner pardon,
Ie prieray le Ciel, pour guerdon
De l'octroy de cette indulgence
Qu'il vous donne entiere puiſſance,
Sur vos plus mortels ennemis.
Le rang, ou les Dieux vous ont mis
Me fait apprehender de l'eſtre,
Ie ſçais que vous eſtes mon maiſtre,
Et i'epprouverois les effects
De vos vertus, ſi pour iammais
Voſtre ame envers moy benevolle,
Me vouloit donner ſa parolle,
De ſe deſiſter d'vn objet
Pour vous trop bas & trop abject.

CRISPIN.

Plaiſt-il? Ie ne puis vous entendre.

LE DOCTEVR.

Quoy Seigneur, ne puis-je pretendre,
Qu'vn preſent a mon cœur ſi doux,
Me deſtine vn iour tout à vous.

CRISPIN.

Vous voulez eſtre a mon ſeruice?
Auriez vous l'eſprit d'eſtre ſuiſſe?

Ce meftier veut de hauts talens.

LE DOCTEVR.

Seigneur. . . . .

CRISPIN.

Eft-il bon pres des grands?
Le retiendray-ie?

LELIE.

Il en eft digne.

CRISPIN.

Aymez-vous le ius de la vigne?

LE DOCTEVR.

Seigneur. . . . .

CRISPIN.

Souflez-vous le petun

LE DOCTEVR.

Seigneur. . . . . . .

CRISPIN.

Vous trouve-t'on à ieun,
Par fois? eftes-vous famelique?

LE DOCTEVR.

Seigneur. . . . .

CRISPIN.

De l'exercice de la picque,
Praticquez-vous quelque leçon,
Car pour eftre ioly garçon,
Il faut de la pointe, & du manche

Sçauoit porter la botte franche.

LE DOCTEVR.

Ie ne suis point........

CRISPIN.

Vous n'estes pas
Voulez-vous dire vn fier à bras
Ie le vois bien à vostre mine.
Mais en reuanche à la cuisine,
Vous estes vn diable.

LE DOCTEVR.

Ah ! Seigneur.....

CRISPIN.

Male-peste qu'el aualeur
De pois gris, ie croy qu'il fait rage.
A l'assaut d'vn plat de potage.

LE DOCTEVR.

Quoy ne pouvoir respondre vn mot ?

CRISPIN.

Que murmurez-vous idiot,
Respondez-moy gros sac à trippe.
N'excrimés-vous point de la grippe,
Car qui dit portier dit...... Mais non
Les Suisses n'ont pas ce renom,
Les portiers de la Commedie,
Leur disputent cette partie,
L'experience nous l'apprent

Mais venons au point important
Des questions qu'ils vous faut faire,
Dittes-moy, sçavez-vous vous taire
Quand on vous chargé d'vn secret
Sçauez-vous rendre le poulet,
Sans vouloir connoistre la poulle.
Car Messieurs les culs de siboulle
Pour auoir ioué de ces tours,
N'ont plus d'ambassades d'amours,
Mais ie vous estime plus sage,
Et puis vous estes dans vn aagé,
Ou la plus forte passion
Donne peu de suspition.

LE DOCTEVR.

Les beaux emplois qu'il me destine.
Ah! maudit amour. Ah! lutine
Qui fit exclorre mes desirs,
Pour me causer ces desplaisirs,
Ie renonce a ta seruitude,
Et veux desormais que l'estude
Soit mon vnique passion.

CRISPIN

Ouy i'y faisois refflection.
Vous serez iustement mon homme,
Comment est-ce que l'on vous nomme?

LE DOCTEVR.

Moy Seigneur ? vous le sçauez bien
Vostre esprit n'ignore de rien.

CRISPIN.

Il est tout vray, mais on oublye
Quelques fois.

LE DOCTEVR.

Vne ame accomplie
Comme la vostre l'est Seigneur,
Nest point sujette a cette erreur,
Vous avez vne connossance
Consonnante à vostre naissance,
Vos vertus sont dans vn degré......

CRISPIN.

Vous me connoissez a mon gré,
Bien mieux que ie ne fais moy mesme,
Car cette science supreme,
Ces vertus, & tous ces appas
Qu'en moy vous trouuez à tous pas
N'e m'estoient en aucune sorte
Connus, ou le diable m'emporte.

LE DOCTEVR.

Elles sont toutesfois d'vn rang
Si noble, si hault & si grand......

CRISPIN.

Il faut donc qu'elles soient si hautes,
Que ie ne les vois pas, Tirbautes.

VN VALET, En habit d'Affriquain.
Ben d'harleK.

CRISPIN·

Gooth danKem cum vir,
Salcardy bucdemeK satir
Et voldrecam.

LE DOCTEVR. *a Lelie.*
Qu'eſt-ce qu'il chante
Par ces mots?

LELIE.
Il s'impatiente
De ce qu'il ne voit point venir
Lucreſſe, & l'envoye querir.

LE DOCTEVR.
Pour conclure le mariage?

LELIE.
Sans doute.

LE DOCTEVR.
Ah! derechef j'enrage,

LELIE.
Taiſez vous.

CRISPIN.
Enfin ie la voy,
Le ciel ſoit louë ſur ma foy,
Ma grandeur ſe laſſoit d'attendre.

D

SCENE VI.

LVCRESSE, BEATRIS, CRISPIN, LELIE, LE DOCTEVR. *Suitte,* CRISPIN.

Bon-jour blondine à l'ame tendre.

BEATRIS.

Madame les plaisans mâtins,
Voyez-vous tous ces diablotins,
I'ls me font peur,

LVCRESSE.

Taisez vous beste.
Rentrez vous troubleriez la feste.

CRISPIN.

Suisse, je vous fais harangueur,
Vous avez l'habit d'vn Docteur,
Faictes moy promptement paroistre,
Si vous estes digne de l'estre.
Voyons sans attendre plus tard,
De vostre eau dans vn cocquemard,
Faictes concevoir à Madame,
Que ses yeux ont produict ma flâme,

Que son port, son geste & sa voix
Ont reduict mon cœur aux abbois,
Enfin dictes ce qu'il faut dire,
Pour luy declarer mon martire.

LE DOCTEVR.

Il faudroit auoir vostre esprit,
Seigneur.

CRISPIN.

Faictes ce qu'on vous dict.

LE DOCTEVR.

Mais Seigneur......

CRISPIN.

Mais . sans preambule.

LE DOCTEVR.

Mais quoy......

CRISPIN.

Mais quoy teste de mulle,
Vous demeurerez iusqv'au soir,
A consulter vostre avisoir
Si vous ne chantez d'autre sorte
Ie vais vous remettre a la porte.

LE DOCTEVR.

Ie m'aquiteray mal......

CRISPIN.

Tant mieux,
Iazez animal chassieux.

Cá prestement.

LE DOCTEVR.

Quelle est ma peine!

CRISPIN.

Ferons nous icy quarantaine?

LE DOCTEVR.

Madame... helas!

CRISPIN.

Peste du sot,
Qui soûpire, & n'a dit qu'vn mot
Continuez.

LE DOCTEVR.

Iaçoit Madame
Que l'œil soit le miroir de l'ame,
Ceux de ce grand Ambassadeur
Vous doivent exhiber son cœur
Et vous dire qu'il vous adore
Mais helas!

CRISPIN. *d'vn ton ridicule.*

Mais helas! Pecore,
Qui ne peut faire vn complimente
S'il ne soûpire incessament
Ah! Docteur en souppe salée,
Vous avez la teste feslée,
Poursuivez, & vantez luy bien,
L'ardeur que iay de me voir sien.

LE DOCTEVR.

Ouy cet Ambaſſadeur illuſtre,
Pour multiplier voſtre luſtre,
Et prouver à tout l'Vniuers,
Qu'il fait gloire d'eſtre en vos fers,
Veut que ma débile eloquence,
Vous extolle la violence,
Du deſir qu'il â d'eſtre a vous,
Et de devenir voſtre eſpoux,
Mais helas !

     CRISPIN.

       Mais helas ! de grace,
Pourquoy certe ſotte grimace
Mais helas !

    LE DOCTEVR.

      Mais Seigneur, peut-on
Parler d'Amour ſans ſoupirs ?

    CRISPIN.

         Non.

Mais il faut d'vn temps à l'autre,
De voſtre voix virer la peautre,
C'eſt à dire tantoſt plus hault,
Et puis plus bas ſelon qu'il faut,
Par exemple eſcoutez nouice,

    a Lucreſſe.

Hola future ambaſſadriſſe,

       D iij

Ie vous ayme & fuis cependant,
Ambaffadeur ambaffadant,
Pour eftte voftre camarade,
Faut que ie me defambaffade
Car vn illuftre ambaffadeur,
Ne peut fans trahir fa grandeur
Vous aymer en ligne directe,
Donc pour montrer que ie refpecte
Vos yeux frippons qui m'ont vaincu,
Ie mets mon ambaffade à cul,
Aouf..... Et bien que vous en femble.

LE DOCTEVR.

Ah !

CRISPIN.

Refpondez-moy vous.

LVCRESSE.

Ie tremble,
Seigneur, à l'afpect de vos yeux,
Vn air graue & majeftueux.
Y brille avec tant d'advantage
Qu'alors que ie vous enuifage,
Ie fuis dans l'admiration :
Mais Seigneur ma condition
Me deffend l'efpoir temeraire
De poffeder l'heur de vous plaire,
Et vous fçavez qu'vn rang trop bas.

CRISPIN.

Mon enfant ie n'en doute pas,
Ie ſçay que c'eſt me faire tache :
Mais encore que ie le ſçache.
Noir comme vn diable, il m'eſt bien
    doux,
D'eſperer eſtre aymé de vous.

LE DOCTEVR.

Quoy ie ſouffriray qu'on me tonde,
Et ie. . . . . . .

CRISPIN.

    Hibou dont le cœur gronde
Taiſez vous.

LE DOCTEVR.

    Ou ſui-je reduit.

❧❧❧❧❧❧❧❧❧❧ : ❧❧❧❧❧❧❧

SCENE VII.

BEATRIS, LVCRESSE, CRISPIN, LELIE, LE DOCTEVR.

BEATRIS.

M Adame l'Allemand me ſuit,
Et ſi ſon maiſtre l'accompagne

Pour vous le diable eſt en campagne
Rentrons.

LELIE.

Non non n'en faittes rien,
Madame, ie ſçay le moyen.
D'appaiſer le mal qui le picque.

CRISPIN.

Garre l'Ambaſſadeur d'Affrique
Ie crains bien que ce viel penard,
Ne devine ou giſt le renard :
Mais trefve de melancolie
Voicy ſon valet.

LVCRESSE.

Ah! Lelie

I'ay bien pour......

LELIE.

Non ne craignez rien,
Encore vn coup tout ira bien.

❧❧❧❧❧❧❧❧❧❧❧❧❧❧❧❧❧❧❧❧

SCENE VIII.

LELIE, LVCRESSE, CRISPIN, L'ALLEMEND. BEATRIS, LE DOCTEVR.

LELIE.

Ton Maiſtre vient-il camarade.

L'ALLEMAND.

T'ou fientre ſtî piau maſcarate?
Fous tonc ainſi paſſer la temps,
Quant fous croire monſer aux champs?
Mon foye ch'afoir pien tes novfelles
A fous tire, Montame.

LVCRESSE.

Et qu'elles?
Geronte vient-il auiourd'huy?
Pourquoy n'eſt tu pas avec luy.

L'ALLEMAND.

Tiaple, chey non point moy t'enſie
Le-pon tieu me carte mon ſie,
Che n'afoir point trop long feſcu.

LVCRESSE.

Explique toy. Quoy? Que dis tu?

L'ALLEMAND.

Puiſque ſous fouloir qu'on fous tire,
Fous pien poufoir ceſſer te rire
Foſtre tuteur il eſt mouru.

LVCRESSE.

Que veux-tu dire eſprit bouru,
Geronte eſt mort?

L'ALLEMAND.

Mon foye ſans fautes,
Il eſtre au royaume tes taupes.

LVCRESSE.

Et comment par quel accident;

L'ALLEMAND.

Chel tire fous tout incontenant,
Fous fçafoir plis que tafantage,
Que monſer aymer la ramache.
Des oiſiaux, O piem ſti matin,
Il aller titan la chartin
Pour teſnicher teſſus vn pranche
Vn nid qu'il foir l'autre timanche.
Mon foye l'y n'eſtre poinc en haut
Qu'il tompet tout preti pretaut
Te pranche en pranche à la renferſe.
Sur ſti choſſe que fous pelle vn herſe.
Party trois crands morciaux te pois,
*E*ntri tans fon fantre trois fois.

LVCRESSE.

N'a t'il point parlé.

L'ALLEMAND.

Non mon tanie.

Il tire s'ilment en lerantan l'ame,
Le tiaple emporte les moyneaux.

LELIE.

Le ciel à finy nos trauaux
Madame, cette mort vous laiſſe
Lieu d'accomplir voſtre promeſſe

Et jespere qu'vn neud si doux.....

LVCRESSE.

Ouy Lelie je suis a vous
Et quoy que vostre amour pretende...

CRISPIN.

Vous allez bien viste a l'offrande
Toubeau, patience vn moment
vous ne faictes pas compliment
Et ne de mandez pas ausuisse
Si 'l le veut bien

LVCRESSE.

Tays toy jocrisse
Và te promener auec luy

CRISPIN.

Ah non pas si'l vous plaist mesfuy
On ne fait pas ainsi la nicque
Aux Ambassadeurt de l'Affricque
Qu'il aille au diable j'y consens
Mais pour moy ma foy ie pretends
Que Beatris paye ma peine
Et que i'en fasse vne Affricquaine.

BEATRIS.

Va, Va, cela ne te peut fuir.

CRISPIN.

Sus allons donc nous resiouyr,
Adieu Suisse ou Docteur.

L'AMBASSADEVR
DOCTEVR.

Au diable,
Traiſtre, impoſteur, fourbe execrable.

CRISPIN.

Adieu Meſſieurs. l'Ambaſſadeur
D'Affrique, eſt voſtre ſeruiteur.

FIN.

* * *

A

L'AVTHEVR

Illuſtre fauory du ſçavant Appollon,
Qui te portoit ſi tard à nous faire
   paroiſtre,
Les Ouvrages brillans que tu peux faire
   naiſtre,
Inſpiré par les ſœurs de ſon ſacré vallon?

* * *

A quoy s'eſt occupé ton eſprit admi-
   rable?
Depuis que ton merite éclatte en l'vniuers.

N'as-tu pas deu produire vn million de
    Vers,
Pour te rendre en tous lieux a iamais
    memorable?

❧❧❧

Tu cherchois vn appuy, dis-tu, pour
    tes escrits?
Ah! S'ils en ont besoin, i'ay tort ie le
    confesse,
De blâmer ta raison; mais tréue de paresse
Car tu l'as rencontre dans MADAME
    DE RIS.

❧❧❧

Ne t'arrestes donc plus derriere
Sans crainte, acheue ta Carriere;
Tes obstacles sont superflus,
Nul secours ne te manque plus,
Puisque cette rare merueille,
De qui la beauté sans pareille,
Est la moindre perfection,
T'accorde sa protection.
    Aprez ce digne adueu que faut-il
        dauantage?
Voudrois-tu mal vser d'vn pouuoir si char-
    mant?
Non, sous cet estendart tu t'en vas fai-
    re rage,
Et tu rendras ton nom plus fameux qu'il
n'est grand.   DE CHASTEAV-NEVF.

www.ingramcontent.com/pod-product-compliance
Lightning Source LLC
Chambersburg PA
CBHW060822180626
46818CB00002B/921